格林纳威图画书

精选集

RANDOLPH
KATE GREENAWAY
PICTURE BOOKS

超值经典珍藏版

（英）凯特·格林纳威 / 绘

林可欣 吕红丽 / 译

民主与建设出版社

图书在版编目（CIP）数据

格林纳威图画书精选集 /（英）格林纳威绘；林可
欣，吕红丽译. — 北京：民主与建设出版社，2013.7
ISBN 978-7-5139-0270-0

Ⅰ.① 格… Ⅱ.① 格… ②林… ③吕… Ⅲ.①儿童文
学—图画故事—英国—现代 Ⅳ.①I561.85

中国版本图书馆CIP数据核字（2013）第063275号

责任编辑	刘　芳
封面设计	思源工坊
出版发行	民主与建设出版社
电　　话	（010）85698040　85698062
社　　址	北京市朝外大街吉祥里208号
邮　　编	100020
印　　刷	北京旭丰源印刷技术有限公司
成品尺寸	185mm×210mm
印　　张	9
字　　数	200千字
版　　次	2013 年 7 月第 1 版　2017 年 1 月第 2 次印刷
书　　号	ISBN 978-7-5139-0270-0
定　　价	38.00元

注：如有印、装质量问题，请与出版社联系。

凯特·格林纳威和她的图画书

　　好的儿童读物是建立在好的插图基础上的，凯特·格林纳威，英国杰出插画家，和沃尔特·克兰、伦道夫·凯迪克一起对儿童图画书产生了巨大的影响。

　　1846年，凯特·格林纳威出生于伦敦一个艺术家家庭，父亲是一位雕版艺术家和建筑师。童年的凯特没有上学，她的父亲让她充分发挥小孩子的个性，尽情玩耍和去乡村度假，所以成年后的凯特依然认为儿时玩耍的乡下花园是世界上最美丽的花园，是她永远的天堂。在这儿我们不得不提一下和凯特同时代的比阿特丽克斯·波特（《小兔彼得》的作者），美丽的英国乡村的确是最好的美术老师，给了她们无限的灵感和不泯的童心。

凯特的童年是无拘无束、自由自在的。她独自探寻着英国乡下美丽而奇特的世界。十二岁的时候，凯特开始接受正式的教育并逐步发展她的美术天才。到了十七八岁的时候，她已经显现出非凡的绘画才能。

1868年，凯特开始为世界闻名的Marcus Ward出版公司绘制贺卡、年历和插图。她绘制的情人节贺卡在短短几周就售出二万五千套，由此引起了业内人士的关注。

1876年，凯特的作品被她的父亲推荐给了英国杰出的雕版印刷艺术家埃德蒙·埃文斯（沃尔特·克兰、伦道夫·凯迪克的合作者，并为比阿特丽克斯·波特印制了第一本《小兔彼得》），埃文斯看到凯特的作品后，立即表示合作。1879年，两人首次合作出版了第一本真正意义上的自己的作品《在窗下》（Under the Window），首印两万册很快便售罄，埃文斯立即加印了七万册。凭借清新优美的画风，凯特的这本田园诗绘本被誉为开创了十九世纪后期儿童读物的新纪元，由此，凯特·格林纳威名扬欧美，获得了巨大成功。

1881年，凯特的《鹅妈妈童谣》（Mother Goose）出版，以女性的温婉典雅给这些打油诗和顺口溜注入浪漫的田园风情、温暖的亲情和淡淡的诗意。

凯特·格林纳威创作过六十多部作品。在内心深处，凯特始终是一个不愿意长大的孩子，童年生活是她的快乐源泉。1901年，凯特因病去世，她为世人留下了维多利亚时代儿童生活的珍贵画面。1955年，英国图书馆协会为纪念她而设立了"凯特·格林纳威奖"。

目 录

A APPLE PIE

By KATE GREENAWAY

苹果派

《苹果派》这首童谣很古老，是约翰·伊查德于1671年创作的。在早期版本中，字母I和J是没有区分开来的。现在的J是I的弯曲形式。格林纳威是为1886年出版的一个早期版本配的插画，因此这首童谣中也没有字母I。

A APPLE PIE

A 是一个苹果派，

B

BIT IT

B 咬了它一口，

C CUT IT

C 切开了它，

D DEALT IT

D 分发了它，

E

EAT IT

E 吃了一大块，

F FOUGHT FOR IT

F 为它而打架，

G GOT IT

G 赶跑大家霸占它,

H HAD IT

H 把它藏家中，

J JUMPED FOR IT

J 为它跳木杠，

K KNELT FOR IT

K 为它而下跪，

L LONGED FOR IT

L 渴望得到它,

M MOURNED FOR IT

M 因没吃到而伤心，

N

NODDED FOR IT

N 向它点了点头，

OPENED IT

O

O 手拿大刀切一块，

P PEEPED IN IT

P 偷偷瞅了它一眼，

Q QUARTERED IT

Q 把它分成了四份，

R RAN FOR IT

R 为它而奔跑，

S SANG FOR IT

S 为它而歌唱，

T TOOK IT

T 抢走了它，

UVWXYZ

ALL HAD A LARGE SLICE
AND WENT OFF TO
BED

UVWXYZ

每人都分到了一大块，

满意离开去睡觉。

三只小猫，　　　上蹿下跳，
丢了手套，　　　到处寻找。
大声呼喊：　　　物品齐飞，
"妈妈，妈妈，　乱七八糟。
弄丢手套，　　　喵，喵，喵，喵，
非常害怕，　　　喵，喵，喵，喵。
而且难过！"

"什么？什么？　三只小猫，
丢了手套？　　　找到手套，
真是淘气，　　　兴奋呼喊：
不准吃派！"　　"妈妈，妈妈，
喵，喵，喵，喵，瞧瞧这里，
喵，喵，喵，喵。手套找到！"

　　　　　　　　"什么？什么？
三只小猫，　　　找到手套？
去找手套，　　　乖乖宝贝，
桌子上下，　　　过来吃派！"
房屋内外，　　　噜噜，噜噜，
活泼敏捷，　　　噜噜，噜噜。

三只小猫，
戴上手套，
不到一会儿，
吃光果派。
　"妈妈，妈妈，
手套脏了。"
　"什么？什么？
脏了手套？
真是淘气！"
喵，喵，喵，喵，
喵，喵，喵，喵。

三只小猫，
洗净手套，
挂晒晾干。
　"妈妈，妈妈，
瞧瞧这里，
手套洗净！"
　"什么？什么？

手套洗净？
宝宝真棒！
闻见鼠味，
嘘！嘘！"
喵，喵，喵，喵，
喵，喵，喵，喵。

三只小猫，
兴奋不已，
施展本领，
大显身手，
捕到老鼠，
就着奶油，
饱餐一顿。
蜷成一圈，
香甜入梦。
噜噜，噜噜，
噜噜，噜噜。

秋日一天，
参加舞会，
随歌起舞，
又蹦又跳，
伴着乐器，
扭扭转转。
一不小心，
手套破洞，
沐着月光，
回到家中。
喵，喵，喵，喵，
喵，喵，喵，喵。

三只小猫，
即将成婚。
发送请柬，
喜讯传报。
大小亲戚，

无不知道，
一一恭贺。
喵，喵，喵，喵，
喵，喵，喵，喵。

大喜之日，
终于来到，
迎亲队伍，
浩浩荡荡。
亲朋好友，
三五成群，
喧嚣热闹。
捕鼠能手，
马尔他鼠，
也来捧场。
噜噜，噜噜，
噜噜，噜噜。

仪式过后，新郎唤车，
猫咪新娘，躬礼亲友，
开心道别，上车远去，
欢声笑语，久久回荡。
喵，喵，喵，喵，
喵，喵，喵，喵。
亲友宾客，继续酣唱，
直到散场，一路耍闹，
歌声笑声，传遍千里。
这些友客，尽兴而归。
喵，喵，喵，喵，
喵，喵，喵，喵。
三只小猫，美丽新娘，
与夫一起，同住佳室。
没有老鼠，捣乱骚扰！
甜蜜幸福，共度时光。
我的朋友，你喜欢吗？
呜呜，呜呜，呜呜，呜呜。

THE PIED PIPER
OF HAMELIN

By
ROBERT
BROWNING

Illustrated by Kate Greenaway

哈梅林的花衣吹笛手

一

布伦瑞克的哈梅林市，
与著名的汉诺威市毗邻。
威悉河水，深而宽广，
冲洗着南面的城墙，
这是个非常有趣的地方。
但是，每当唱起这首歌，
想起五百年前的市民，
遭受的那场大鼠患，
怜悯之心油然升起。

二

一群老鼠！

袭击了家狗，弄了猫咪，

咬了摇篮里的小孩，

吃了大缸里的奶酪，　　　　推倒了一桶的咸鲱鱼，
舔了厨师勺子里的汤粥，　　男士的周日礼帽当做窝，

其至扰乱了妇人间的闲聊，

五十种不同的高低音，

吱吱地尖叫着，

淹没了妇人间的谈话。

三

后来，人们蜂拥而至市政厅，

大声喊道："市长就是个大白痴。

至于市政府，更让人吃惊，

我们买的大皮袍，都送给了傻瓜，

无能没意志，除不了鼠患！

又老又肥的他们只想

穿着大皮袍过着悠闲的生活吧？

醒醒吧，先生们！用用你们的聪明脑瓜

想出一个我们想不出来的好办法，

否则的话，我们会让你们卷铺盖走人！"

市长和市政府官员听后

都吓得直发抖。

四

他们在市政厅待了一个小时。

最后，市长打破了沉默：

"我把皮大袍卖了，换成钱。

但愿我离这儿远点儿！

让一个人动脑筋想办法容易——

但我的头真的又开始疼了，

挠了半天头，也想不出什么好办法。

对了！布陷阱，布陷阱！"

他正说着——突然有人轻轻敲着市政厅的大门。

"保佑我们，"市长喊道，"什么情况？"

（市长在市政厅坐着的时候，虽然胖但看起来小。

和张开很长时间的牡蛎相比，

他的眼睛既不明亮，也不湿润。

除非中午时分肚子咕咕叫了，

将要享用一盘鲜美的甲鱼大餐。）

"只是鞋子摩擦垫子的声音吗？

任何像老鼠的声音，都会让我的心跳个不停！"

五

"进来！"市长喊道，挺直了身体：

进来的这个家伙真奇怪！

长长的外衣从头套到脚，

外套一半黄色，一半红色。

整个人又高又瘦，

蓝色的眼睛敏锐如针，

头发稀疏，皮肤黝黑，

脸颊及下巴都没有胡须，

嘴唇却不时地显露出笑容。

谁也猜不出他是什么来历，

也没人会羡慕他的身高和奇怪的装束。

有人说："他像我的曾祖父，

被死亡判决惊醒，

从彩刻的墓碑下走到了这里！"

六

他走到市政厅的桌旁。

"尊敬的先生们，"他说，

"我有魔力，能召唤所有太阳下的生灵，

无论是天上飞的，水里游的，

还是地上跑的、爬的，

都跟随在我身后，

你们绝对从未见过这景象！

但我只对那些危害人类的生灵施法术，

人们都叫我花衣吹笛手。"

（这时人们注意到他脖子上围的围巾，

是红黄两色的条纹，

正好和他的外衣相配。

围巾的一头绑着一个笛子。

人们还注意到他手不离笛，

好像要迫不及待地吹奏一样。

笛子低悬于他那老款新穿的外套前。）

"没错，"他说，"虽然我是个穷笛手，

但是去年六月，是我引走了大群的昆虫，

解救了鞑靼国的可汗；

阻拦了吸血蝙蝠的进攻，

亚洲的那位君主尼扎姆才能脱身。

如果我帮你们成功清除鼠患，

你们也不用感到太吃惊。

不过到时能不能给我一千金币？"

"一千金币？五万也给！"

市长和市政官员们惊叫道。

七

吹笛手走上大街，微微一笑，

好像他知道有什么魔法正在

安静的笛管里睡觉。

然后，像一个音乐高手一样，

抿起嘴唇，吹响笛子，

敏锐的眼睛里跳跃着蓝色和绿色的光彩，

就像烛焰上撒了盐一样。三声笛音后，

你就能听到军队潜进一样的细微声音。

渐渐地，声音从小变大，直至轰隆巨响。

大的，小的，瘦的，胖的，

棕色的，黑色的，灰色的，褐色的，

老态龙钟的，年轻活泼的，

父亲，母亲，叔叔，表亲，

翘起尾巴的，竖起胡子的，

成百上千个家庭，

兄弟，姐妹，丈夫，妻子——

不顾一切地跟随着吹笛手。

吹着笛子，他走过了一条又一条大街，

这些老鼠也步步紧跟着他，雀跃不已。

走到威悉河畔时，全都投河自尽！

——只有一只幸存下来，它如凯撒般强壮，

游到了对岸，活着带给鼠国一份

它写的报告（就像凯撒珍藏着的手稿）：

"尖锐的笛声，就像刮肚子的声音，

又像把熟透了的苹果放进榨汁机里；

或者拿走腌肉缸的盖子，

或者刚打开储藏柜，

或者拔掉鲸鱼油瓶的木塞，

或者弄掉了黄油桶的箍圈。

总之，听起来就像有一个声音

（比竖琴或萨泰里的琴声更悠扬）

在召唤：哦，老鼠们，尽情享乐吧！

整个世界都已成了一个巨大的腌鱼场！

大口大口地吃吧，好好享受你们的

早餐、午餐、晚餐吧！

一大桶白糖已经凿穿，

就像金灿灿的大太阳照耀着我一样。

我想它在说，'快过来，把我放出去。'

——我看见威悉河水从我头顶汹涌流过。"

八

你应该能听到哈梅林的市民，

撞响了大钟，响声在塔顶绵延不绝。

"快去，"市长命令道，"去拿长杆，

捣毁鼠窝，堵死鼠洞！

征求一下木匠和建筑工的意见，

要让本市杜绝老鼠的痕迹！"

——忽然，吹笛手一脸神气地

出现在市场上，说道，

"现在请付给我一千个金币吧！"

九

一千个金币呀！市长脸都绿了，

市政官员的脸色也很难看。

市政府的庆功晚宴盛况空前，

摆满了各式各样的名酒。

只要用五百个金币就能把地窖里的

大酒桶装满美酒，

怎么能把这笔钱付给那个穿着

红色和黄色吉普赛衣的痴心妄想的家伙！

"此外，"市长狡黠地眨了眨眼，

"咱们的交易是在河岸完成的。

我们亲眼看见了老鼠的自尽，

我想，死即不能复生。

因此，朋友，我们不会爽约，先喝杯美酒吧，

而后我们会给你点儿钱让你装进口袋。

至于我们谈好的金币，你应该很清楚，

那只是句玩笑话。

再说，这次鼠患闹得我们损失巨大，

不得不节俭一些。

一千个金币！就别提了，来，给你五十个！"

十

吹笛手的脸立马拉了下来，大声说道：

"少来这套！赶紧付清了！

我已答应了巴格达的晚宴邀请，

珍馐佳肴由顶级名厨精心制作，

因为我曾帮他除尽了哈里发厨房里的一窝蝎子。

对他我都寸步不让，

你们也别想少给我一分钱！

谁要是激怒了我，

谁就会听到我吹的另一种风格的笛声。"

十一

"怎么着？"市长大声喊道："你对我比

对厨师更坏，难道你认为我会忍受？

吹着破笛子、穿着花衣服的、下流的懒汉，

岂容你对市长大人如此侮辱？

你这家伙竟敢威胁我？好，你就吹你

最坏的曲子吧，一直吹爆你！"

十二

吹笛手再次走上大街，他的嘴上又一次
放上了那支又长又滑的笛子。还没吹三声
（还没有哪个音乐家能奏出如此美妙动听
的旋律，连空气都陶醉不已），

听到沙沙的响声，好像是脚步声，是一群快乐的孩子在打闹，

小脚吧嗒吧嗒，
木鞋咔哒咔哒，
小手噼噼啪啪，
小嘴叽叽喳喳，

像给农场里的家禽撒了麦粒，

孩子们都跑出来了。

所有的小男孩和小女孩，

红扑扑的面颊，浅黄色的卷发，
光芒般的眼睛，宝石般的牙齿。

一蹦一跳地，欢呼雀跃地，
跟在奇妙的笛声后面，闹着，笑着。

十三

市长惊得目瞪口呆，市政官员
也像木头人一样，站着一动也不动，
对着那些快活的孩子一句话也说不出来。
——只能眼睁睁地看着那些孩子们
兴高采烈地跟在吹笛手的身后。
市长觉得好痛苦啊，
可怜的市政官员的心咚咚直跳，
因为吹笛手已经从主干街道走向
了威悉河水域，而他们的子女还是紧跟其后！
然而吹笛手从南转向西面，
向着柯佩尔堡山的方向前进，
孩子依旧跟在他的后面，
每个人都还是那样兴高采烈。
"他一定爬不过去那座高山！
他不得不停止吹笛，
到时我们的孩子也就停下来了！"

瞧！当他们走到半山腰时，一扇神奇的
大门打开了，好像突然打开了一个洞一样。
吹笛手走进了洞中，随后，孩子们很快也
都进去了，洞门立刻关上了。

所有的孩子吗？不是，

除了一个瘸腿的小孩以外，

因为他不能在路上一直跳舞。

以后，如果你责怪他的闷闷不乐，

他总会这样回答——

"城里的玩伴们都走了，太无聊了！

我无法忘记，我看不到他们

所能见到的一切美妙景色，

而吹笛手曾答应我说我也能见到。

他说他要带我们到一个极乐地方，

挨着我们的城市，就在不远处。

那里水流汩汩、果树成林，

鲜花娇艳无比，一切都新奇无比。

那里的麻雀比这里的孔雀更光彩夺目，

那里的狗比这里的鹿跑得快，

那里的蜜蜂没长着刺，

那里的马生来就长着鹰的翅膀。

正当我满怀希望

我的瘸腿能很快在这里治愈时，

突然笛声停止，我也不得不停了下来，

发现自己还在山外面，

只好放弃梦想，独自离开，和以前一样瘸着腿，

以后再也没有听说过那个极乐地方！"

十四

哈梅林呀，哈梅林！
许多市民想起了圣经里说过，
富人进天堂的大门的难易程度
相当于骆驼穿过针眼！
市长派人从东西南北四个方向出发，
去给吹笛手捎口信。
如果有幸找到他，
只要他带着孩子们原路返回，
金银财宝要多少就给多少。
但是如果没找到的话，
吹笛手和孩子们将永远也回不来了，
他们就让律师颁布了一条法令：
所有的档案都署上日期，
而且还要加上下面的文字：
"距一千三百七十六年
七月二十二日发生的事件过了××时间。"

为了更好地纪念孩子们最后走过的地方，
他们把那里命名为"花衣吹笛人大街"——
无论谁在那条街上吹笛打鼓，
将来肯定失去劳动能力。
也不准开旅店或酒吧，
以免打扰这条大街的庄严。
他们把这个故事铭刻在柱子上，
并在教堂的窗户上贴上关于这个故事的彩色绘画，
这样全世界就都能知道
他们的孩子是怎样被偷走的。
直到今天，绘画还保留着。我还得再说一件事：
在特兰西瓦尼亚有一个部族，
那个奇怪民族的习俗和服饰非常奇特，
以致引起邻族人的高度注意。
他们的父母来自于秘密监狱，
是很早以前在布伦瑞克的哈梅林市，
被一个强大的音乐引诱到那里去的。
至于究竟是怎么一回事，他们也不清楚。

十五

那么，威利，让我们解除所有人
——尤其是吹笛手的恩怨！
只要他们吹笛为我们清除了鼠患，
我们就要履行我们的诺言！

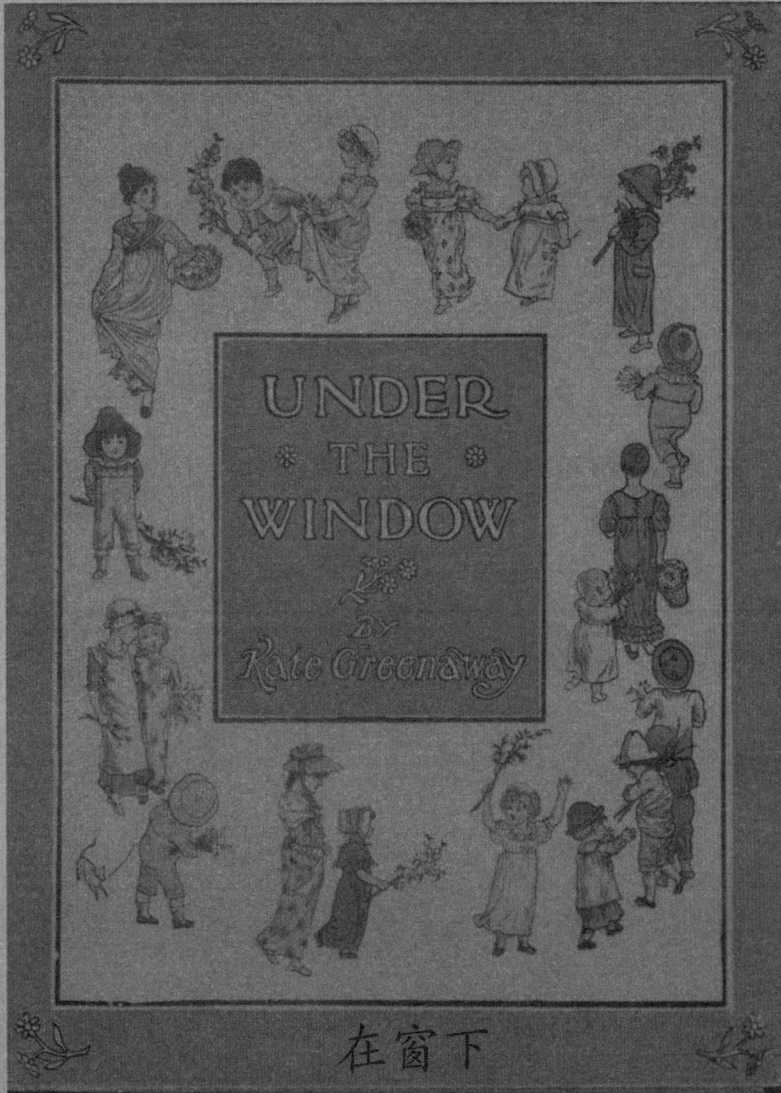

UNDER THE WINDOW

By Kate Greenaway

在窗下

窗下就是我的花园，

那里鲜花朵朵、芬芳四溢。

一只知更鸟——

据我所知的最珍贵的鸟儿，

栖息在梨树上面。

每天清晨，我早早窥看窗外，

第一眼看看盛开的鲜花。

然后试着和知更鸟说话，

如果它有胆量，就会和我聊天。

如果我问你：

"你愿意做我的小妻子吗？"

你回答说："我愿意！"

我会送你一条星期天女裙

和一把漂亮的雨伞。

我会送你一顶小帽，

上面插着一根白色的长羽毛。

还有一副手套和一双凉鞋，

都是由最软的皮子制成。

我还会送你一幢小房子，

还有那装满蜜蜂的蜂窝、

一头小母牛、一只大猫和

绿色的鼠尾草奶酪，

也将属于你。

你瞧，快乐的菲利斯，那个亲爱的小姑娘，邀请了比琳达来喝茶。

树荫布满了小小的美丽花园——还有什么地方比这儿更舒适？

餐桌摆放在绿绿的草地上，桌上有块缀满了葡萄干的蛋糕和一盘草莓。

我喜欢这块由雏菊和小草织造的地毯——还有什么画面比这儿更美丽？

一只画眉（是的，画眉总喜欢晴朗的天气）从那边的高空轻轻掠过。

他看见两只两个小女孩在愉快地聊着天——难怪这只画眉如此欢乐！

三个各自带着猫的长舌妇在喝茶，

一举一动都像是有良好教养的人。

每人的椅子边都有一只猫，

喵喵叫着要喝奶，小口喝后呜呜呜。

现在请你告诉我（你都看见这三只猫了）——

这些猫有几条命？

小芬妮戴着一顶帽子，
看起来好像她的奶奶一样。
汤米的铁环（想一想！）
是芬妮给他的。

"玛杰丽小姐，你为何站在山顶，
一动不动，为了什么？"

"哦，我在眺望伦敦城，
如果下山，可否看见骑士？"

"玛杰丽小姐，你为何站在山顶，
一动不动，听到了什么？"

"哦，我听到了伦敦的钟响，
还有男人和女人的歌唱。"

"玛杰丽小姐，你为何站在山顶，
一动不动，在等待什么？"

"哦，那里有个骑士，但我不能下山，
因为伦敦城里的钟响是如此奇特。"

79

微微的风儿，　　　　　微微的风儿，
飘过了山顶，　　　　　吹暖了阳光，
微微的风儿，　　　　　微微的风儿，
掠过了平原，　　　　　赶跑了雨珠。

这件事的的确确是真的，

相信我，我不是在开玩笑。

一个老人和他的狗住在月亮上，

他的十字架就像一捆树枝一样。

放学了，太棒了！

下课了，玩起来。

谁跑得快？你还是我？

谁笑得响？比试比试！

“小波莉，今天咱们去散步，好不好？”

“如果得到允许的话，我很乐意和你一起去。”

“小波莉，好心的阿姨同意了。

她说‘可以’，从来不说‘不行’。”

“一只乌鸦在树顶上筑了一个巢——

一只大船正从海上驶来。

大船和乌鸦，哪个最好？”

“嗨，小波莉最喜欢哪个，哪个就最好。”

当我走在大街上时，
尖塔的钟声当当响。
当我坐在玛丽旁边，
可爱的鸟儿在歌唱。

当我走到远方，
遇见了一个小仙女。
她采的花儿甜又香，
带回家中送玛丽。

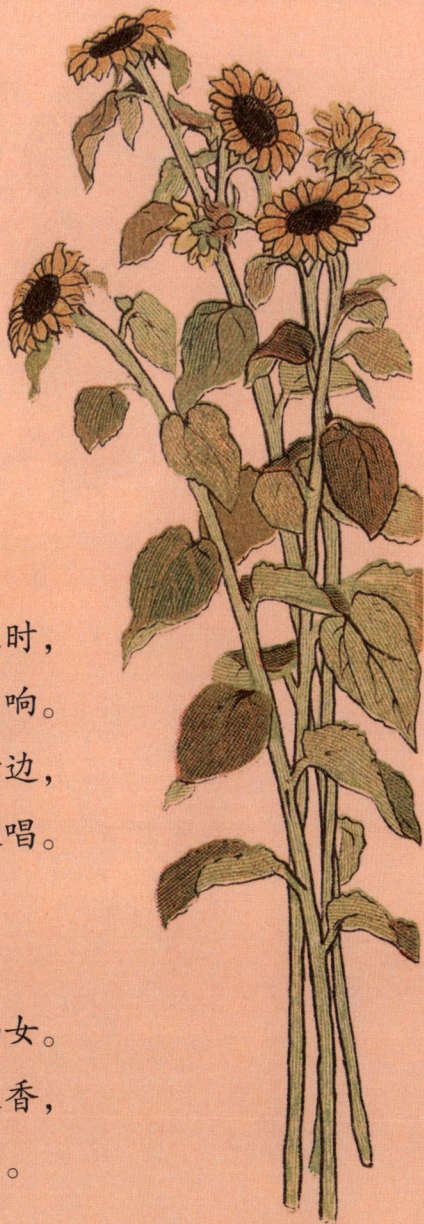

小姐妹五个排排走，这样走路好不好？
圆圆的帽子戴头上，暖暖的手筒揣里面，
还有一件新皮衣，又绿又软真好看。

金盏菊五盆摆成排，这样生长好不好？
绿色的花杆、黄色的花，红色的花盆装着它。

妹妹坐在小车里，
我想拉她出去玩，
看看这个大世界。

可是一直没行动——
非常非常地抱歉——
计划总是拖明天。

几只鹅儿去散步，想找早餐吃一吃。
伸长脖子理羽毛——一共四只到九只，
嘎嘎叫着好开心。

一名老妇经此地，又老又丑真可恶。
恶言恶语对鹅说："愿你们永远都挨饿，
只剩皮包和骨头！马上停止嘎嘎叫，
留我一人在这里。"

今天你们去喝茶，良好举止要记牢。

希望所有的嘱托，乖乖表现都做到。

茶水不能洒出来，面包不要大口嚼，

不和别人开玩笑，汤米不能多说话，欺负弟弟更不要。

要说"劳驾"、"谢谢你"，八点钟整准回家，

范妮一定要注意，不准撕破连衣裙。

好了，五个乖宝宝， 好好记住我的话，

如果这次表现好，下次还会去喝茶。

可怜的迪基死了！——钟声哀鸣，
把他放进深深的、黑黑的坑里。
太阳依旧照耀，乌云依旧下雨，
可是迪基再也不会鸣叫！
他的被子和我们的一样舒适——
是那美丽的金凤花和杜鹃花儿。

小毽子，跳得高！
跳得高高多美好，
干嘛还要往下掉？
哪里最高告诉我。

汤米是个笨小孩，他说他能飞很高。

刚开始飞就摔倒，脑袋疼得受不了。

妹妹普鲁在那里，看看他是如何飞。

她知汤米吹牛后，一定深深地后悔！

好乱，好乱，看他们怎么跑！咚咚，砰砰，什么最有趣？

太阳和月亮掉进海里了？怎么啦？现在吗？快告诉我！

好乱，好乱，我怎么知道！咚咚，砰砰，听钟声！

连老鼠都在乱跑，谁能保证今天不会发生点什么？

哪条道路通某城？哦，清晨你要早起床。
过了瓦片、烟囱帽，就是那条进城路。

哪个大门通某城？哦，清晨你要早起床。
红又圆的太阳走进去，就是那个大门口。

小船起航，好像鸟儿展翅飞翔，

小男孩们在沙滩上围成圈跳舞。

风会摔倒，也会上升——离开太傻，留下聪明。

小男孩们跳舞，小女孩们跑。有钱不好，没钱更糟。

一会儿吹高一会儿低，　小小脚丫跑得快，
吹起你的小喇叭——嘀！　干得漂亮，小主人！

波莉、佩格、波普提，她们都有个好妈妈。

给她们带来幸福生活，还有围巾和头巾。

软帽买给小女孩，遮阳蔽日它最棒。

雨雪天气戴着它，好处多多又有趣。

可是总有淘小孩，招呼她们去玩耍。

而且说句玩笑话——"天哪！来了三个老太婆！"

滚呀，滚呀，滚铁环，
努力，努力滚快点！
滚得最快的男孩，
就是我的小男人！

一圈一圈又一圈，
不要让它倒掉了。
十倍，或者二十倍，
要把他们都打败。

"三个小男孩，想要些什么，喜欢吃什么？"
"苹果或姜饼——大鼓也不错。"

"三个小男孩，给我些什么，做为交换物？"
"面包、奶酪、小萝卜，会唱歌的小棕鸟。"

"三个小朋友，那些都不行，我的比你好——
最大帽冠上，手指、大拇指，我都要两个。"

铃儿响叮当！哦，铃儿响叮当！
遇见了先生，说声早上好。
先生谢谢我，祝福花儿美，
人也更漂亮。

铃儿响叮当！哦，铃儿响叮当！
绅士的先生，接受了问候。
我们去哪里，树木就变绿。
嘿！期待再相遇。

铃儿响叮当！哦，铃儿响叮当！
五月好时节，我们带着花，
一路把歌唱，听听多欢乐。

铃儿响叮当！哦，铃儿响叮当！
大家一起唱，祝愿每一年，
心情都欢畅，还有小收获。

一只船儿驶向海，给我留下日落西。
白色鸟儿追随去，一直飞到伦敦城。

独立岸边好悲伤，目送船儿渐渐远。
别的船儿还会来，就在某年某一天。

那个小女孩，趾高又气扬！

她的小狗狗，跟她一样傲。

两者都不对，不该太骄傲。

小简和威利，嫌她太骄傲，嘲笑戏弄她！

他们笑她傻，呆板讨人厌。

101

小小汤米说：
"春天已来到，
鸟儿天空飞，
蜜蜂丛中叫。
哦，百灵鸟先生，
直冲上云霄。
谁人最幸福——
你、他还是我？"

百灵鸟儿问："能不能歌唱？"
朵朵花儿问："能不能开花？"
太阳公公问："能不能参加？"
瓢泼大雨问："能不能参加？"

美丽的鸟儿，尽情歌唱吧。
美丽的玫瑰，开花怒放吧。
亲爱的太阳，温暖照耀吧。
可恶的大雨，远远离开吧！

小帕蒂和小保罗，
看见两只小蜗牛，
花园墙上慢慢挪。
"蜗牛，蜗牛走得慢，
还没我们说话快。
快点快点往前走，
要是比赛一定输。"

他们真的好伤心——看到他们真吃惊。
楚楚可怜划船儿，他们就是三小孩。

我对他们发警告，重复一遍又一遍——
河中水儿冰凉凉，会被鱼儿来吃掉。

不听劝告往前划，
只能说句"真丢脸！"
爸爸看到会生气，
妈妈见了哭啼啼。

大家注意了，现在我要
给你们讲个小故事。
故事是关于两个小女孩、
一个小男孩、一只猫和
一个绿门的。

呜呼！我要开讲了
（我所说的是真的）。
脑袋里的东西已统统
倒完了——现在再见吧！

K·G

104

汤米跑啊跑，
要往哪里跑？
天气晴朗朗，
你要往哪儿跑？

吉米也在跑，
跟在汤米后。
天气晴朗朗，
吉米跑啊跑。

屠夫的儿子遇见了面包师的儿子

（在夏日里的一天）。

屠夫的儿子对面包师的儿子说：

"请给我让路！"

屠夫的儿子对面包师的儿子说：

"全城的生意我最棒。"

面包师的儿子说：

"如果你敢这么说，我会一拳打倒你！"

屠夫的儿子对面包师的儿子说：

"那样可就太糟糕了。

在你打倒我之前，厨师会先教训你！"

十二个小姐妹，

小小年龄好可爱。

有的梳着马尾辫，

有的烫着波浪卷。

十二个小姐妹，

每天都要吃餐饭。

也许你会这样说，

每天吃饭很正常。

十二个小姐妹，

有时出去散散步。

人人都知这件事，

经常都会聊一聊。

十二个小姐妹，

总是彬彬有礼貌——

"劳驾"以及"谢谢你"，

"晚安"还有"早上好"。

十二个小姐妹，一起上学去。

她们的父母希望学习好。

十二个小姐妹，去上音乐课——

发发发，拉拉拉，都以爸爸而自豪。

十二个小姐妹，学了舞蹈学地理。

证明她们很聪明，耐心必不可缺少。

十二个小姐妹，

你们已经清楚地看到——

她们应该做的事，实际都不喜欢做。

再见了，十二个小姐妹，

祝愿每天过得好——

关于这些小姐妹，我都已经讲完了。

107

小小宝贝乖又乖，
姐姐送你一朵花，
一定要把它接住，
双手握住别松手。
用你的灰眼好好看，
大大的惊奇在哪里？

又肥又美的鱼儿，
我会钓到大鳟鱼。
如果水怪不咬钩，
我会钩好鱼饵料。

公主和她的妈妈在喝茶，看到一个小女孩。

"我的天哪！"公主殿下说道，"这是谁家的小孩？"

"我敢肯定不是我们市的。"公主转过头对她的妈妈说道，
她的妈妈放下了茶杯。

但是多莉只是看着她们，一句话也不说。

"她不会说话！"公主说，"真是太奇怪了。"

公主的妈妈观察了一会儿，说道："亲爱的公主，
我觉得她是想喝杯红茶。"

公主倒给她一杯红茶，还给了她一块儿葡萄干派。

然后又说道："我真是个好心人！"

哎呦！——时间慢如牛。

小山看了这么久，太阳慢慢下山去，

我的影子长又长。

有人建议乘小船，沿着白色风车行。

整整过了一整天，左等右盼没成行。

有人建议访仙镇，房子是金，人为银，

教堂尖顶金闪闪。但这是个大谎言。

我有一个红房子，
小房住着我和宝，
每天过得乐呵呵，
从不伤心或烦恼。

我有一棵大绿树，
遮阳庇荫它最好。
每当做完家务活，
常常树下来乘凉。

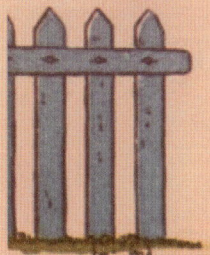

每次进城城逛一逛，
带上我的小篮筐。
到那儿买了些蛋糕，
整整花我半克郎。

111

三个小女孩，坐在栅栏上，九月的一天，天气还不错。

三个小女孩，在谈天气吗？九月的一天，天气还不错。

三个小女孩，一直聊不停。乌鸦和玉米，说了什么话？
九月的一天，天气还不错。

铃儿铃儿响叮当！

快乐、悲伤为国王！

傻瓜掉进池塘里，哦！

傻瓜要去上学堂，耶！

马夫、厨师钓起他，

流着眼泪像白痴，哦耶！

MARIGOLD GARDEN

By Kate Greenaway

金盏菊花园

苏珊·布鲁

哦，苏珊·布鲁，
你好啊！
我能和你一起散步吗？
我们去哪里？
哦，我知道了——
驴蹄草盛开的大牧场！

蓝色小鞋子

蓝色小鞋子，一定走不远。

如果跌倒了，或者迷了路，

你瞧多有趣——妈妈怎么说？

蓝色小鞋子，交给妹妹管。

等她长大点，就能穿上脚。

街道表演

滴滴答滴答，吹起小喇叭，

小男孩和小女孩都在看表演。

一、二、三，猫咪爬上了小树，

然而小鸟飞走了——

"猫咪抓不到我了！"

致太阳门

他们看见它早晨升起，他们看见它傍晚落下，

如果有可能的话，他们渴望去拜访它。

软绵绵的白云听见了，从蓝色的天空中走了出来。

每朵白云上躺着一个小孩，胸口紧紧贴着水珠。

白云带着他们越飞越高，孩子们失去了知觉，

醒来时发现站在一座金色圆大门的前面。

孩子们去敲门，恳求里面的人给开门。

但是里面没有任何反应，没人听见并让他们进去。

雏菊

美丽的莫利小姐，
如果你今天把雏菊的
小朋友都采回家去，
雏菊的小朋友会有什么意见呢?

也许你带走的是她的姐姐，
也许是她的哥哥，
也许是彼此很喜欢
对方的两朵雏菊。

爱跳舞的一家人

我来给你介绍一个爱跳舞的小家庭。
从早上、下午，直到晚上，
他们都在开开心心地跳着舞。
他们脚尖朝外，转了一圈又一圈。
人们很想知道，到底是什么样的音乐
有如此大的吸引力。
他们从清早开始一直跳到了深夜。
房间内外，处处洋溢着欢乐。
他们知道，每一种舞蹈来源于每一个遥远的国家。
因此，难怪他们一整天都在跳舞。
　无论晴天还是雨天，一直跳啊跳啊跳。
一旦停止后，还会重新开始跳。

去拜访祖母

小莫利和小达蒙，一起出门去远行，去看一看好祖母。

小小心思暗自揣，一到祖母家里面，美味蛋糕来招待。

花园里面跑得欢，采摘一些红加仑，多么新鲜又有趣。

达蒙回头对狗说："你好，你好，小狗狗。"

然后又去问妈妈，小狗可以不去吗？

第一次参加聚会

你知道，这是一个聚会。

所有小朋友都坐成一排，

一直等着别人过来，

一起聊天和游戏。

听！清楚地传来了尖锐的钟声，

别的小朋友过来啦。

坐着的小朋友不再孤单，

感觉就像在家里一样。

这样的机会很难得，

早到要比迟到好。

想象一下空手来，

没有茶水和点心。

想要在那喝喝茶，

吃块草莓果酱小蛋糕。

想要跳舞和游戏，

他们能来真开心。

祝愿你们开心玩，

好好享受点心、茶。

愿望

哦，如果你是一个小女孩，

而我是一个小男孩——

你何不长些胡子，

而我长些卷发？

如果我能长出些胡子，

我就允许你长卷头发。

但是许这愿望有何用——

男孩永远不能变女孩。

123

和祖母一起出行

我们和祖母一起出行——妈妈说去做一次拜访——哦，天啊，

当我们走上大街时，不得不挺直身体。

我们一人走在祖母的一边，不敢大笑或闲逛。

我手里抱着她的西班牙小狗普利姆，而汤姆——手里拿着她的太阳伞。

如果我往左边瞧，汤姆他向右边看——

"汤姆——苏珊——你们令我感到羞耻，

我相信小普利姆听到你们这两个淘气的名字后也受到了惊吓。"

她说我们说话或唱歌时的行为不得体。"你们没见过，"祖母说，

"当我年轻时，我说话有多得体。"

她告诉我们——哦，经常如此——

当她年轻时，在好日子里的时候，

小男孩和小女孩都不会发出任何声响。

她说她们那时从来不愿意玩耍——哦，真的是这样！

她们要先学会针线活，否则不能学习读书和写字。

她说她的妈妈从不让她在吃饭时说一个字。

"但是现在，"祖母说，"你会认为孩子的舌头下面都装着轮子。"

"所以他们说得快——喋喋不休说不停。现在听好了，祈祷你们

听了今天我所说的话，都能有所进步。"

124

神秘之地

哦，亲爱的，
让我如何阻止你们？
佩吉和苏西，
你们怎么这么淘气？
你们两个小孩
知道要去哪里吗？
走得这么远，
爬得这么高，
都快爬到天上去了。
也许那里住着一个巨人，
也许那里住着一个美丽的公主。
但是你应该知道，
你不应该去那里，
你们会搞得一团糟。

哦，亲爱的，
我保证那是真的。
那里究竟和你们
有什么关系？
因为你们知道——
哦，太丢脸了——
未经允许窥探别人的
房间和别人的隐私。
所以，
你们最好回来吧，
还有时间，
还很容易就能做到。
回家吧——
永远不要再淘气了。

从市场归来

哦，谁会送我一束花，还有一个玫瑰的花环，
戴在头上多快乐？今天我们来到这儿，
带来许多美好的祝愿。
从市场归来，我们是从市场回来的。

我是一个小女孩，
我都已经两岁了。
如果你问我的名，
我很乐意告诉你。
他们都叫我宝贝，
其实我叫菲利斯。

小菲利斯

我有一只小猫咪，
但是不能送别人。
她很喜欢和我玩，
今天她要睡大觉。
我有一个洋娃娃，
抱她来玩好不好？

不——不是别人起的名，
自然而然就有的。
我在小小的花坛，
摘朵美丽郁金香。
如果喜欢就送你——
红黄相间真好看。

她有很多漂亮鞋，
帽子缀着蓝带子。
你想把她带回家？
哦，不，她不能去。
再见——我想跑步了，
你实在走得太慢了。

127

四个小公主

四个小公主住在一座绿色的塔里——
在大海中央的漂亮的绿色塔里面。
没人能够知道——哦，没人能够知道——
这四个公主是谁。

一个望着北边，一个望着南边，
一个望着东边，一个望着西边。

他们都非常、非常地漂亮，没人知道谁最漂亮。
她们的卷发是金色的——他们的眼睛是蓝色的，
她们的声音像银铃般动听。

四只白色的鸟儿围绕他们飞翔，
但是她们来自哪里——谁能告诉我们？

哦，谁能告诉我们？因为没人知道，
你从没听她们说过一句话。

然而她们的歌声如教堂的钟声般动听，
温柔地飘过。

在太阳下，在星星下，
她们常常在辽阔的海面上航行。

然后回到绿塔和玫瑰凉亭里
继续生活——好神秘呀！

128

当我们长大了

当我们长大了——波莉——
我的意思是你和我，
坐上一艘大船在大海上面航行，
等到我们大一点了就去。
因为如果现在我们去了，
你知道我们很可能会迷失方向，
找不到正确的路线。

在苹果树上

九月，苹果都红透了，
我对贝琳达说：
"你是想去天堂还是
留在这个树木满园的果园里？"
她回答说："如果你允许的话，
我会留在这里——
在这个繁花生长的地方。"

婚礼钟声

婚礼钟声敲响了，
这天是个星期一。
所有小小女士们，
开开心心来这里。

一步一步登台阶，
观看婚礼多美好。
献给新娘的玫瑰，
和她一样很美丽。

伦敦小女孩

我非常满意住在绿色的小房子里，
太阳会从天空中洒下阳光。
哦，我喜欢这个小乡村——
这个美丽的小乡村。

有了这个小乡村，谁还会愿意住在伦敦街？
我家住在伦敦城，一直渴望周围鲜花环绕，
而不是烟囱林立。
多么希望鸟儿和蜻蜓飞过。

在伦敦的家里，我总是无法入眠，
因为总会从街道传来刺耳的车水马龙的声音。
但是在这个小乡村里，没有丁点儿噪音，
只能听见夜莺的歌唱。

我看见小鸡和小鹅散步，我听见小猪和小鸭聊天。
我看见红牛和奶牛盯着我看，好像想要知道我是谁。
我看见小羊们离开了妈妈——
好大一群年幼的兄弟姐妹。
哦，我要留在这个小乡村，
编织一个雏菊花环，从此不再回伦敦。

致宝宝

宝宝的蓝眼溜溜转，看这看那看不完。

看看嘎嘎的小鹅，紫杉边的小孔雀，

还是玩耍的小羊羔？

我的宝宝佩特西，如此活泼惹人爱。

一天一天渐长大——年年都会大变样。

威利和他的姐姐

威利问他的姐姐，
"我能和你一起去吗？"
姐姐回答说，"如果你去的话，
一定要乖乖表现。"
"你能带我去看磨坊吗？"
"可以，"她说，
"因为你表现得还不错——我同意。"

"磨坊主既白又好心，
他把磨好的面粉撒得到处都是。
装满谷物的大袋子堆在地板上，
他会让我想玩什么就玩什么。
我喜欢听车轮发出'嚓、嚓'的响声，
看着可爱的溪水潺潺地流着。
赶紧带我去磨坊吧，
那时你就会看到一个真实的好男孩。"

在学校

五个小女孩，坐在长凳上。

五个小女孩，正在学功课。

五个小女孩，我有点担心，

当被问功课，还是无所知。

五双小眼睛，东瞧西看看，

就是不看书，心里想其他。

快乐的日子

"下周你去看菲利斯或菲比吗？

菲利斯周一就十四岁了。

她说我们会在花园喝喝茶，

然后在绿草地上玩游戏。"

"我想要件新裙子，但是妈妈不同意，

所以我不得不穿你见到的那条旧裙子。

但是白色很漂亮，好心的玛蒂尔达阿姨
已经送给我一条漂亮的项链。"
"哦，是的，我和佩吉都会去，
妈妈正给我们做新裙子。
我会戴上红肩带，帽子也会别上粉红的绶带——
我知道那里的女孩都聪明。"
"每人还要带上一束花——
越大越好——送给菲利斯，
告诉她我们都爱她，祝愿她永远快乐。"
"在明媚的阳光下，大苹果树旁，
摆满了桌子，我们环绕着小菲利斯，
她微笑地为我们倒着茶水，这是多么地美妙！"

小女王驾到

我们向她抛玫瑰，把白百合放在她脚下。

小女王驾到了，人们奔跑着——

奔跑着去见她并祝福她，狂呼着欢迎她。

让所有的钟声都为她敲响，来吧，

给她一个骄傲而又甜蜜的欢迎。当我们的歌声响彻街头，

看！她的眼睛多么明亮，她的头发光芒闪亮。

在墙头

我们要去城里唱歌跳舞，　　　　我们是该和星星、
我们从城里的墙头上走。　　　　月亮说话，
　　　　　　　　　　　　　　　还是早点回家吃晚饭？

140

踮脚尖

看看他们，踮起脚尖走路。

一个，两个，三个——

就是克洛伊、普鲁和我。

一上一下，进城去。

城里有一个贵族，

还有位美丽的女士。

他们在唱什么歌？

哦，"叮铃铃。"

听到女士的歌声，

黑色的乌鸦飞跑了。

141

妈妈和宝宝

"我的波莉很乖，比琳达从来都不哭。

我的宝宝总爱睡觉，看，她又闭上了眼睛。"

"亲爱的夫人，告诉我比琳达几点去上学，又是几点钟睡觉？"

"恩，八点钟。但我喜欢偶尔让她晚一点。

你在摇头——怎么，你不相信？好好看看宝宝的笑容！"

"亲爱的普里姆罗斯夫人，下周能抽出一天时间过来喝茶吗？

当然了，一定要带上甜心罗莎林德呦！"

"亲爱的樱草夫人，你真好心。

我知道我的宝宝会很高兴去的。宝贝儿——告诉樱草夫人。"

"哦，你知道吗——也许你还没听说过——

她很惊恐，我的黛西出了麻疹，搞得我晚上睡不好。"

"我很担忧——克拉丽莎老是发脾气。医生说他也无可奈何。"

我的小宝贝

小宝贝，告诉我，你调皮的蓝眼睛在看什么？

为什么喜欢站得这么高，看着遥远的天空？

是在看一个小仙女从蓝蓝的天空中飞过吗？

还是在看升起的黄色月亮？或者是——像我听到过的——

你在寻找一只小鸟飞过来坐在浪花上，歌声唱跑夏日的夜晚？

猫咪来喝茶

她看见了什么——哦，她看见了什么，斜站着倚靠树？

为什么所有的猫都来喝茶？

这次出来多美好——四面八方都是猫，从所有的房间里都出来了。

来到这里，它们东奔西跳，乱喊乱叫。

"喵——喵——喵！"猫咪直叫，"希望你们今天一切都好。"

哦，她该怎么办——哦，她该怎么办？这么多猫咪得喝掉多少牛奶啊？

它们在这儿一个劲地"喵——喵"叫。

她不知道——哦，她不知道，它们是否喜欢面包和黄油。

它们可能只想要只小老鼠，哦！哦！哦！

哎呀——哦，哎呀，猫咪都来喝茶啦！

茶话会

在一个舒适的绿色花园里，我们坐下来喝茶。

"要加糖吗？" "要加牛奶吗？"

她穿了一件新外衣——是由丝绸制成的。

在那个美丽的夏日里，她请我们喝茶，我们都很开心，非常非常地开心。

玫瑰凯旋门

穿过玫瑰凯旋门，来到了玫瑰小镇——玫瑰小镇就在小山顶上。

夏天的风吹拂着，音乐飘扬着，小提琴的声音尖叫着。

哦，玫瑰是她的地毯，她的玫瑰帘子多漂亮。

玫瑰王冠戴在她的金色长发上。

玫瑰和百合交织在一起，带着绿色的小叶子，多么适合女王。

玫瑰和百合交织在一起，

钟声响起来，人们唱起来，玫瑰和百合交织在一起。

146

有教养的一家人

有的孩子很淘气，
有的孩子却很乖。
但有教养的家庭，
永远都会有规矩。

他们出门戴手套，
不会在街上乱跑。
无论下雨还是雪，
双脚从来不沾泥。

他们总是有礼貌，"谢谢"常常挂嘴边。
绝对不像淘小孩，总是乱扔掉玩具。

上课时间一开始，他们就会去学习。
他们喜欢吃坚果——坚果太好吃了哦！

他们的衣服从不破，他们的领带很干净。
他们的头发很整洁——装扮得体去见人。

他们和妈妈说话时，总是很注重礼节。
他们在大街上遇到你时，总是彬彬有礼地鞠个躬。

每个孩子都应该向他们学习为人处事。
他们都是你我的好榜样。

我的小宝宝

我的小宝宝，
越过了森林，
我的小宝宝，
越过了花海，
我的小宝宝，
越过了阳光，
我的小宝宝，
越过了大雨。

我的小宝宝，
越过了陆地，
我的小宝宝，
越过了海洋，
哦，妈妈有
个这么可爱
的女儿！

小女孩和小羊羔

五月花儿朵朵开，小女孩们逛牧场。

小羊高兴地蹦跳，绿草地上睡得香。

小鸟整天唱不停，哦，多么多么的快乐！

太阳整日光又亮，星星整夜闪耀耀。

驴蹄草对樱草说："春天风儿多温暖！"

雏菊每访金凤花，都会开心把歌唱。

漂亮的蓝天下面，看见一只花蝴蝶。

蝴蝶高空往下望，"多么美丽的小镇！"

我觉得你来自神奇的世界，
因为从你的眼中，
我看到了神奇。
星星就是天堂的窗户，
我觉得你有时候能够窥透。
哦，小女孩，
告诉我们如何插花吧，
说出你独身一人的秘密吧，
说出鸟儿和蝴蝶偷偷
说的我们不知道的事吧。

哦，天使和我们说话的
声音是多么动听，
我们只能听到小风的叹息。
平静的天堂的
露珠落到你的身上，
而我们只能看见白云飘过。

神奇的世界

151

儿歌

夏日里的一天，
国王和王后骑着马，
一只乌鸫在他们的上方飞翔，
偷偷听着他们的谈话。

国王说他喜欢苹果，
王后说他喜欢梨。
我们该拿这个
偷听的乌鸫怎么办呀？

莫利小姐和小鱼

哦，可爱的莫利小姐，

你是多么喜爱小池塘里的小鱼啊。

可能他们也很高兴看见你那明亮的眼睛观看着它们。

如果你用食指和拇指捏起一点面包屑，

慢慢地扔进池塘里，它们一定很开心。

只有这样——

当你长时间地看着它们时，可爱的小姐。

最后，最仁慈的年轻人，

会把它们放归属于它们的河流。

小跳孩

跳啊跳，
今天从这镇跳到那镇。

跳啊跳，跳进了大海。
我们会看到多么美丽的奇迹。

跳啊跳，
跳了大半天，
跳到月亮上。

跳啊跳，
那些讨厌事，
通通都远去。

跳啊跳，
跳了一整夜。
妈妈会不会担心啊？

跳啊跳，
跳到远处去，
改天一起再回来。

铃铃铃

小男孩，铃铃铃。　　　　　　　　　　　　"就在不远处，

小女孩，铃铃铃。　　"是的，我们是。"　　我们住在大山里，

一圈又一圈，　　　　"你们从哪儿来？"　　我们住在大树上，

旋转个不停。　　　　　　　　　　　　　　我们住在河岸旁，

你们是快乐的小孩。　　　　　　　　　　　永远都抓不着我们！"

在桥上

希望我能看见一条鱼——
那就是我刚许的愿！
我想看看他的总是
吃惊似地张大着的大圆眼。

我想我会扔石头，
看着美丽的小水圈。
或者划着小花船，
慢慢看着它飘摇。

希望一只河鼠，
慢慢游到对岸。
或者一只跳舞的蜘蛛，
坐在黄色的旗子上。

太好了——因为你绝不知道
它会走多远。
当明天来临时，你会看到，
小船已在广阔的海面上。

小球

一下，两下，该你了。
一下，两下，三下，该我了。
要么扔快点，要么就别扔，
还要注意不要让它掉地上。

漂亮的蓝眼睛，
美丽的棕色卷发，
朝下看。
我说"再见"——
没有痛苦地说"再见"，
期待在开心的日子里，
我们再相见！

Kate Greenaway's

Mother
Goose

鹅妈妈童谣

小狗汪汪叫

小狗汪汪、汪汪叫，
乞丐进城把饭要。
有的穿着破衣衫，
有的裹着缎子袍。
有人施舍白面包，
有人施舍黑面包。
有人抡起了马鞭，
驱赶他们出了城。

小杰克

小杰克，坐墙角，
吃了一个圣诞派。
大拇指头伸进去，
取出一个葡萄干。
小杰克，自语道：
"我真是个棒男孩！"

从前有个老奶奶

从前有个老奶奶，
住在一座小山下。
如果不是已去世，
还会住在老地方。

滴答歌

滴答滴答滴答滴，
猫咪爬到李树上。
扔它一个小李子，
吓得逃下李树跑。
滴答滴答滴答滴。

快乐的小孩

我们是快乐的小孩，
叽叽喳喳到处玩。
长袜子用的是好丝绸，
礼服的尾巴能拖地。

164

赶集歌

赶集啦，赶集啦，
买块果子烤蛋糕。
回家啦，回家啦，
时间已经不早啦。

赶集啦，赶集啦，
买个果子烤面包。
回家啦，回家啦，
集市就要结束啦。

艾尔西·玛丽

玛丽过得真不错，
早晨赖床不喂猪。
日上三竿还打鼾，
安闲自在好舒服。

漂亮的达菲

漂亮的达菲，
进城逛逛，
黄裙子，绿上衣，
真呀真美丽。

小两口吃肉

杰克讨厌吃肥肉，
妻子讨厌吃瘦肉，
正好把这盘子，
舔得一干二净。

露西丢了钱包

露西丢了钱包，
凯蒂尔捡到啦。
包里没有一分钱，
只有丝带层层绕。

克劳斯·帕奇

克劳斯·帕奇，
插上了插销，
坐在炉子边，
以及纺车旁。
端起一杯茶，
一口就喝光，
再请邻居来。

强尼需要新帽子

强尼需要新帽子，
想要赶集去购买。
他还需要蓝带子，
束起他的棕头发。

小男孩和小女孩

小男孩和小女孩，
住在一个小巷里。
小男孩问小女孩：
"可以吗？
哦，可以吗？"
小女孩问小男孩：
"你想做什么？"
小男孩对女孩说：
"亲亲你呀，亲亲你！"

172

钻圈游戏

拎一桶水给宝宝，
我的爸爸是国王，
我的妈妈是王妃，
两个妹妹穿绿衣，
轻踏草地和香芹，
还有金菊和雏菊。
一个伙伴过来啦！
两个伙伴过来啦！
快点快点过来吧，
钻到我的树丛下。

译者注：

这首童谣是孩子们玩一个类似钻山洞的游戏时唱的。AB两个小孩举起手搭起拱形门，其他的孩子手拉着手钻过拱形门，A和B捉住落在最后的小孩，一直到所有的小孩子都被捉住，游戏结束。

杰克和吉尔

杰克和吉尔，
上山去挑水。
杰克跌破头，
吉尔也摔倒。

小波比

小波比，丢了羊，
不知哪儿能找到。
不管那些羊儿了，
它们自己会回家，
摇着它们的小尾巴。

小茶壶

波莉端上小茶壶，
波莉端上小茶壶，
波莉端上小茶壶，
大家一起来喝茶。

苏基取走小茶壶，
苏基取走小茶壶，
苏基取走小茶壶，
大家已经回家啦。

汤米小老鼠

汤米小老鼠，
住在小屋里。
别人鱼塘中，
抓些小鱼儿。

说闲话的讨厌鬼

说闲话的讨厌鬼，
你的舌头会嚼碎。
城里所有小狗狗，
都会分到一小口。

178

呆头鹅

呆鹅，呆鹅，
去哪儿转悠？
主人房里，
瞅了一瞅。
看见一个倔老头，
祈祷上帝不开口。
叼他左腿，
丢下楼去。

男孩威利

威利威利，
你要去哪儿？
可不可以，
和你一起去？

我去牧场，
看大人割稻草。
我也要去，
帮他们堆稻草。

爱抬杠的玛丽

玛丽，玛丽，
爱抬杠，
你的花园种哪样？

银铃铛，
海扇贝，
驴蹄草儿排成行。

邦妮俏姑娘

邦妮俏姑娘，
可愿嫁给我？
不让你刷碗，
也不用喂猪。
只需坐垫上，
做做针线活。
草莓和糖果，
再加上奶油，
天天都享有。

十点钟的学员

一个圆，一块钱，
一个十点钟的学员。
为何到的如此早？
往常十点钟才来，
今天中午方赶到！

丢鞋的贝蒂

小贝蒂，丢只鞋，
可怜的小妞怎么办？
给只鞋，配成对儿，
穿上鞋儿好走路。

比利布鲁小羊倌

比利布鲁小羊倌，
你的号角快吹响，
羊在牧场撒欢儿，
牛在田地乱闯荡，
你却呼呼睡大觉，
怎能这样放牛羊？

出来一起玩

女孩们，男孩们，
快快出来一起玩！
月亮多美，恰似白昼。
丢开饭桌离开床，
加入街上小伙伴。
爱叫就叫，爱喊就喊，
带着诚意来，
要么就别来。
爬上梯子翻过墙，
半便士面包齐分享。

爱跳的小琼

在这里，就是我，
蹦蹦跳跳的小琼，
没人在我身边时，
蹦蹦跳跳自己玩。

骑木马

骑，骑，骑木马，
骑去班伯里十字架，
看看小强尼，
骑着大白马。

译者注：

　　班伯里是英格兰牛津郡的一个小城镇。这里曾经保留了很多中世纪的十字架，但在1600年被清教徒大肆销毁。"骑木马"这则童谣就影射了这段历史。

摇篮歌

摇啊摇，摇啊摇，
摇着绿色小摇篮。
爸爸是个大贵族，
妈妈是个美女王。
贝蒂是个小淑女，
戴着一只金戒指。
强尼是个小鼓手，
敲打小鼓献国王。

小汤姆塔克

男孩汤姆小塔克，
唱支歌儿吃晚餐。
听听哼的是什么？
哈！白面包加黄油。
没刀怎么切面包？
没妻怎么能结婚？

妞妞玛菲特

小妞玛菲特，青草墩上坐。

凝乳和乳清，刚吃一小半，

来只大蜘蛛，挨着小妞坐。

吓得玛菲特，跑步赶紧溜。

胖蛋

胖蛋，胖蛋，
土墙上，坐得高。
胖蛋，胖蛋，
摔一跤，可不轻。

跷跷板

跷跷板，篱笆放，
跷玩这边跷那边，
怎么才能跷到伦敦桥？

小小子

小小子，小小子，
你是从何地方来？
兰开夏郡是我家，
远在灌木丛树下。
那里的人好奇怪，
羊犄角里喝酸奶。

爬苹果山

爬上苹果山，
山上脏兮兮。
忽见小美女，
朝我行个礼。

小妹妹

小妹妹，小妹妹，
你要去哪里？
我要去牧场，
挤桶鲜牛奶。

削鼻日

我妈和你妈，

去逛马路牙。

忽听一人说：

"今是削鼻日。"

译者注：

　　大人一边念着童谣，
一边把手从孩子的额头往
下移动，当念到最后一
句，用一只手捏着孩子的
小鼻子，另一只手则做出
削鼻子的动作。

青石路

青石路圆圆，
小草绿油油，
美丽的女孩，
赏心又悦目。

洗了牛奶浴，
穿上丝绸衣，
被挑中的那一位，
就要出嫁做新娘。

译者注：

　　此首童谣是在玩转圈游戏时候唱的。女孩子们面朝同一个方向排队转圈，领头的叫到谁的名字谁就要调转方向，直到所有的女孩都调头往相反方向转圈。名字叫的越快越好玩。

走到伦敦城

抬一脚，落一脚，
一步又一步，
走到伦敦城。

乔治·珀治

乔治·珀治，
布丁和派，
吻哭了女孩。
男孩子来玩，
他溜得贼快。

汤米和贝西

汤米·斯诺克斯,
贝西·布鲁克斯,
周日出门去玩耍。
汤米告诉小贝西:
"明天——
可是星期一。"

风笛手之子

风笛手之子，
就是小汤姆。
从小学吹笛，
可惜没学好，
大家都笑他。

圈玫瑰

圈，圈，圈玫瑰，

满满一袋玫瑰花。

嘘！嘘！嘘！嘘！

我们全都摔倒啦！

译者注：

  又是一个转圈的游戏！孩子们手拉手围成一个圆圈，边跳边唱，唱到最后一句时，一起往圈中倒去，当然，一定要做好保护措施哦。

Dedicated
to
Lila and
Eddie